D0043868

Collection MONSIEUR

Mr. Men Little Miss

Monsieur ATCHOUM

Roger Hargreaves

hachette
JEUNESSE

Près du pôle Nord,
il existe un pays qui s'appelle la Glaçonie.

En Glaçonie, il n'y a qu'une seule saison : l'hiver.

En Glaçonie, quand il ne neige pas, il gèle,
et quand il ne gèle pas, il neige.

Brrr... Quel pays glacial !

En Glaçonie, il fait si froid
que tout le monde est enrhumé.

C'est facile de reconnaître les Glaçons :
ils ont tous le nez rouge!

En Glaçonie, les chiens au nez rouge poursuivent
des chats au nez rouge
qui chassent des souris au nez rouge.

En Glaçonie, même les éléphants ont le nez rouge!

En Glaçonie,
le bruit que l'on entend le plus souvent, c'est :

ATCHOUM! ATCHOUM! ATCHOUM!

Forcément, puisque tout le monde est enrhumé !

Monsieur Atchoum habitait à Froid-de-Canard,
la capitale de la Glaçonie,
dans une petite maison ensevelie sous la neige.

Chaque matin, dès son réveil,
monsieur Atchoum éternuait.

Puis il se levait en éternuant,
descendait l'escalier en éternuant,
déjeunait en éternuant,
allait se promener en éternuant.

Il éternuait tout le temps !

– J'en ai assez d'éternuer tout le temps,
se dit-il un jour.

Je vais quitter la Glaçonie. Peut-être que ça passera.

En éternuant, il fit sa valise (il la remplit de mouchoirs),
puis il ferma la porte de sa maison en éternuant
et s'en alla... en éternuant !

Il marcha longtemps, longtemps.

Il éternua beaucoup, beaucoup.

Il marcha pendant des jours et des jours.

Chemin faisant,
monsieur Atchoum s'aperçut
qu'il y avait de moins en moins de neige.

Finalement il n'y en eut plus du tout.

Chemin faisant,
monsieur Atchoum remarqua autre chose.

A chaque pas, il éternuait de moins en moins.

Et finalement, pour la première fois de sa vie,
il n'éternua plus du tout.

Pas le moindre petit « Atchoum » !

– Je me demande pourquoi je n'éternue plus,
pensa-t-il.

Il avait dû penser tout fort
car il entendit une voix lui répondre :
– Parce que vous n'avez plus de rhume, pardi !

Monsieur Atchoum sursauta, se retourna
et se trouva nez à nez
avec un vieux magicien à l'air fort savant.

- C'est quoi un rhume? demanda monsieur Atchoum.

- C'est une maladie qu'on attrape quand on a froid.

- Ah bon, dit monsieur Atchoum.
J'ignorais que cela s'appelait un rhume.
Mais vous avez sans doute raison
car je viens de Glaçonie,
un pays où il fait froid à longueur d'année.

- C'est impossible! s'exclama le magicien.
Il ne peut pas faire froid tout le temps.
Vous oubliez le soleil!

Et il montra du doigt le soleil qui brillait dans le ciel.

– En Glaçonie, il n'y a pas de soleil,
dit monsieur Atchoum.

– Pas de soleil! répéta le magicien.
Comme c'est bizarre!
Vraiment très, très bizarre!
Mais il faut faire quelque chose!

– Oh, oui! répondit monsieur Atchoum,
sans comprendre ce que voulait dire le magicien.

– C'est loin, la Glaçonie ? demanda le magicien.

– A des milliers de kilomètres.

– Dans quelle direction exactement ?

Monsieur Atchoum indiqua le nord.

– Ça ne prendra pas longtemps, dit le magicien.

Il agita sa baguette
et marmonna une formule magique.

La formule magique fit merveille!

Avant d'avoir eu le temps de dire «Atchoum»,
monsieur Atchoum
et le magicien se retrouvèrent à Froid-de-Canard.

Comme d'habitude, il neigeait.

– Brrr... J'en ai des frissons dans le dos,
dit le magicien.

– Atchoum! Atchoum! fit monsieur Atchoum.

Pauvre monsieur Atchoum! Il éternuait de plus belle!

– Un petit rayon de soleil arrangerait tout!
dit le magicien.
Pour cela, rien de mieux qu'un brin de magie.

– Dépêchez-vous, s'il vous plaît! dit monsieur Atchoum.
Je me transforme en bonhomme de neige!

– Dès que j'aurai prononcé ma formule magique,
ajouta le magicien,
vous devrez éternuer trois fois de suite.

Le vieux magicien agita sa baguette
et prononça sa formule magique.

– ATCHOUM! ATCHOUM! ATCHOUM!
fit monsieur Atchoum.

Aussitôt, comme par magie, ou plutôt
véritablement par magie,
le soleil apparut
entre les gros nuages noirs.

Et il cessa de neiger!

– Finis les rhumes et les éternuements !
s'écria le magicien.

Il marmonna une dernière formule magique,
et après avoir dit au revoir, hop !, il disparut.

Monsieur Atchoum resta là, sous le soleil,
à regarder fondre la neige.

Depuis ce jour, le soleil brille sur la Glaçonie.
Et la Glaçonie a beaucoup changé.

On y voit toujours des chiens poursuivre des chats
qui chassent des souris.

Mais ils n'ont plus le nez rouge !

On n'y entend plus des «ATCHOUM» à longueur d'année.

Même monsieur Atchoum n'éternue plus.

Plus jamais !

Ce n'est pas tout...

L'autre matin, monsieur Atchoum s'est regardé dans la glace.

Il s'est trouvé tout changé!

Tu vois pourquoi?

Pourtant ça lui était déjà arrivé une fois.

Mais quand ?

La réponse est dans le livre !

1 MME AUTORITAIRE
2 MME TÊTE-EN-L'AIR
3 MME RANGE-TOUT
4 MME CATASTROPHE
5 MME ACROBATE
6 MME MAGIE
7 MME PROPRETTE

8 MME INDÉCISE
9 MME PETITE
10 MME TOUT-VA-BIEN
11 MME TINTAMARRE
12 MME TIMIDE
13 MME BOUTE-EN-TRAIN
14 MME CANAILLE

15 MME BEAUTÉ
16 MME SAGE
17 MME DOUBLE

LA COLLECTION MADAME
c'est aussi
40 personnages

18 MME JE-SAIS-TOUT
19 MME CHANCE

20 MME PRUDENTE
21 MME BOULOT
22 MME GÉNIALE
23 MME OUI
24 MME POURQUOI
25 MME COQUETTE
26 MME CONTRAIRE

27 MME TÊTUE
28 MME EN RETARD
29 MME BAVARDE
30 MME FOLLETTE
31 MME BONHEUR
32 MME VEDETTE
33 MME VITE-FAIT

34 MME CASSE-PIEDS
35 MME DODUE
36 MME RISETTE
37 MME CHIPIE
38 MME FARCEUSE
39 MME MALCHANCE
40 MME TERREUR

ISBN : 978-2-01-224803-8
Loi n° 49-956 du 16 juillet 1949 sur les publications destinées à la jeunesse.
Imprimé et relié en France par I.M.E.